KB120820

# 꽃의 속도

시작시인선 0507 꽃의 속도

**1판 1쇄 펴낸날** 2024년 9월 2일
**지은이** 김정자
**펴낸이** 이재무
**기획위원** 김춘식, 유성호, 이형권, 임지연, 차성환, 홍용희
**책임편집** 박예솔
**편집디자인** 민성돈, 김지웅, 정영아
**펴낸곳** (주)천년의시작
**등록번호** 제301-2012-033호
**등록일자** 2006년 1월 10일
**주소** (03132) 서울시 종로구 삼일대로32길 36 운현신화타워 502호
**전화** 02-723-8668
**팩스** 02-723-8630
**블로그** blog.naver.com/poemsijak
**이메일** poemsijak@hanmail.net

ⓒ김정자, 2024, printed in Seoul, Korea

**ISBN** 978-89-6021-775-1 04810
         978-89-6021-069-1 04810(세트)

**값** 11,000원

# 꽃의 속도

김정자

천년의
시│작

별을 닦는 사람이 되고 싶다
어제 혹은 그보다 더 먼 곳에서
아직 발견되지 않고 있는
별을 찾아내어 정성스럽게 닦는 사람
매일 세수를 하듯 이슬을 모으고
빗방울과 똑똑 떨어지는 낙숫물 모아
그것들로 별을 닦아 내는 사람이 되고 싶다
그런 일은 흐린 날을 닦는 일이라서–

2024년 봄

# 차 례

시인의 말

제2부 꽃의 속도

해 설

**제1부**  슬픔이 고이는 곳

## 풀벌레 비정규 채널

풀벌레들의 언어는
복잡하지 않다
명사와 동사, 또는 형용사와 부사 같은
까다로운 법칙이 없다

다만, 싫다 좋다 같은
명료한 말들뿐이다

풀벌레는 단 한 계절만 살고 풀벌레의 말들은 대부분 초
록색이다 가끔 라디오를 틀 때 채널과 채널 사이에서 나는
잡음들이란 다 풀벌레의 구간을 지나는 중이라고 생각하
면 될 것이다

얼른 이리 오라는 뜻이고
여기 있다는 뜻이다
그리고 계속 기다리겠다는 뜻이다

말이란 대게 자신이 먹는 것들과 그 입을 닮게 되어 있지
만, 풀벌레는 입 없이 몸으로 우는 것들이 많다 쓰라리다는
쓰르라미 쓰름쓰름 우는 쓰름매미 저의 울음으로 이름 지

어진 것들이 많다

늦여름 풀밭을 걷다 보면
무수한 전선이 엉킨 모습처럼 풀벌레 울음이 엉켜 있다

# 제 손으로

가장 요란하게 집 짓는 존재는 까치다
그 외 다른 동물들은 조용히 짓고
조용히 산다

모두 제 손으로 짓거나
제 부리로 짓거나 제 앞발로 짓는다
기술자를 동원하지도 않는다
그러고 보면 동물들은 모두
제집 제가 지을 수 있는 기술자들이다
그 흔한 병원 하나 없어도
식당 하나 없어도
잘 먹고 잘들 산다

숲을 학교로 쓰고
마트로 쓰고 병원으로 쓴다
영수증도 신용카드도 계좌 번호도 없지만
굶지 않고들 살고 있다

사람이 발명해 낸 도구들에선 다 소리가 난다
망치가 그렇고 톱질 소리가 그렇다

며칠째 이웃에서

집 짓는 소리가 요란하다

## 오래된 유원지

한때는 동전을 넣지 않아도
온갖 동화가 구전口傳으로 흘러나왔다

빛바랜 커튼이 펄럭이고
녹슨 흔적이 세월을 꽃 피우고
오랜 습지에 가느다랗게 들어온 빛
긴 파이프 속에서는 황금 물결이 일렁인다

왕비였다가 마녀였다가
화르르 피던 꽃 무더기였다가
치맛자락 낡은,
시녀였다가

오리 배를 타던 여름이 있었고
칠 벗겨진 놀이기구들이
자꾸만 고장 나던 쇠락이 있었다
손님 없는 썰렁한 유원지
불쑥, 오랜 단골들이 놀러 올 때가 있다
놀러 와서는 오리배도 싫다 하고
회전목마는 이제 시시해

깡통 쓰러뜨리기 게임은 더 유치해
각자 휴대폰을 들여다본다

모두 구석을 차지하고
비스듬히 기대서 저와 놀고들 있다

몇 푼 입장 수익금으로는
오랜 적자를 메울 수 없는
홀로 늙어 가는 오래된 유원지

직지直指

프랑스 국립도서관 관계자가
책 한 권을 들고나왔다
무거운 쇳덩이를 들고 있는 듯
혹은 너무 가벼워 날아갈 듯 조심스럽다

부양浮揚하듯
아니, 부양扶養하듯
만인 앞에 내보였다

오래된 책
아주 오래된 책은 자신의 무게와
내용을 깊숙이 숨긴다고 한다
무념이 깃든 책
활자들은 툭 건들면
잠자리처럼 홀씨처럼 날아갈 듯 가볍다

만인이 다 느낀 의미는 가벼워진다
홀씨처럼 방방곡곡으로 날아간다

종이는 쇠의 무게를 닮아 천 근의 말을 보관하려 했고

쇠는 종이처럼 가벼워지려 했다

저 최초의 쇠가 묻은 책은
얼마나 가벼워졌길래
이 먼 타국까지 날아왔을까
인쇄된 최초의 말(言)
오래된 책은 고향 흥덕사 뒤란의 한 그루
나무가 되고 싶었을까

금속 활판(活版)보다 더 오래 견뎌 온
활자들이 여전히 단단하다

# 배후

가재는 여차하면
등지는 일로 모면하려 한다
뱀은 제 몸을 동그랗게 감고
닭은 구석을 문이라 여기는지
몰면 구석으로 뭉친다

각자의 배후가 꼭 뒤쪽만은 아니라는 듯
저의 길이를 감아 저의 안쪽을 만들고
더 이상 도망갈 곳 없는 구석을
저의 편이라 믿는 일들

꽃 버린 마음을 딱딱한 열매로 굳히는 일과
단 한 번 열리는 일로 폐문하는
씨앗들의 결기란
참 아름다운 배후이다

소의 비빌 언덕엔
가려움만 잔뜩 묻어 있지만
사람의 근처엔 늘 어슬렁거리는 배후가 있다

\>

꽃 떠난 나무마다

초록의 배후가 펼쳐진다

# 알약들

알약들은 아픈 곳의 냄새가 난다
내복약內服藥,
배 속으로 들어간 약들은
어떻게 아픈 곳을 향해 한 치의 오차도 없이
찾아들 갈 수 있을까

세모 약
동그란 약
타원형 약

이런 생김새들을 보고 있노라면
아픈 곳들이란 세모를 앓는 중이고
동그란 통증, 타원형 염증을 앓고 있다는 것을
알 것 같다

꽃샘추위처럼 뼈가 시리면
말린 벗꽃을 복용하고
한여름처럼 열이 펄펄 끓으면
뒤란 그늘을 먹어 볼까

\>

알약들을 돌돌 굴리면서
아픈 곳 토해 내면
어제 떠난 언니의 눈 속에서는
선한 사슴 한 마리 뒤돌아보고 있을까

이도 저도 그도 아니면
세상의 모든 병을 모르는
바보가 되어 볼까

## 두 개의 뿔


두 개의 뿔을 가진 짐승들은
대체로 온순하다
양쪽을 알고 있다는 뜻이기도 하지만
풀의 영역을 관리하기 때문이기도 해서
풀을 먹고 자란 짐승들은
번지는 풀밭처럼 무리를 짓는다

임기응변으로
뿔 하나를 바꿔 가며 쓸 때가 있다
간혹, 한쪽 뿔은 텅 비어 있고
다른 한쪽 뿔에서
후다닥, 도망치는 짐승들이 있다
짐승이 도망친 뿔은
한동안 식물의 피를 흘린다
비를 예감하는 듯 고개를 들고
먼 곳의 먹구름을 감지하기도 하고
가까운 물소리를 알아차리기도 한다
어느 비탈밭에 고구마 순이
밭을 벗어나 구불구불해지는지를
정확히 알아차린다

〉

하등에 쓸모없는 뿔이라고
가끔 제 목덜미나 간신히 긁지만
그래도 바스락거리는 소리를
가장 빨리 듣는 귀를
용맹하게 지킨다

# 아가미

몸통은 다 잘라 먹고
대가리만 매달린 생선
아가미로 연신 바람을 들이마시지만
그저 다 헛수고다

바닷바람 거세게 부는
낮은 집 치미에 매달려
환상통을 앓고 있는
저 아가미는 먹여 살릴 허파도
지느러미도 내장도 없다

단신單身도 없는
단두斷頭라서
세상에 홀가분하기로는
저 헛바람 들이켜는 아가미를
두고 한 말 같다

물 한 방울 섞이지 않은
먼 바람 들이켜고도 꾸덕꾸덕 잘 마른다
이제야 비로소 육신에서

벗어난 맨입

들이마시고 내뱉는 숨은

순서가 있었지만, 맨입 드나드는

짭짤한 해풍은 앞뒤가 없다


늙은 어부의 속풀이를 위해

속없는 아가미를 푹 끓이는 날


그날 아가미는 끓는 물 속에서

처음으로 뜨거운 눈물을

삼켰을 것이다

## 스탬프


흰 눈을 밟고 왔다
이 겨울을 살아서 밟고 있다는 것을
증명하기 위해 두 발로 조심조심 밟고 왔다

뒤따라온 흰 눈이
다시 밟아야 할
돌아갈 흔적을 슬그머니 지워 버린다

지난봄에는 꽃들이
참 잘했어요, 스탬프같이 피더니
여름에는 빗줄기가
틀린 답을 사선으로 그으며 내렸다
계절마다 자신들의 행적을
알리는 고유의 스탬프들이 있다
어떤 것은 저절로 지워지지만
한번 찍힌 곳에서
다년생으로 피는 스탬프들도 있다

고양이 발바닥
로제트 식물들은

예쁜 스탬프
한참 크는 아이들의 몸엔
어여쁘게 바라본 눈길들이
참 많이도 찍혀 있다

오늘, 그들의 헝클어진 스탬프들
희미해진 눈밭 속에서
열심히 찾아본다

# 계획

초여름부터 늦가을까지
넝쿨 하나를 수강 신청해 놓는다

어떻게 첫 실마리를 푸는지가 아니라 견고하게 엉키게 하
는지 어디쯤에다 꽃을 피우고 또 어디쯤에서 갈래를 만드는
지를 알고 싶어서 넝쿨의 계획을 수강한다

시간은 식물성이다
식물의 하루에 기계들을 설치하고
시간의 설계도를 입력한다
나무들, 풀꽃들 다 누군가 설계하지 않았다
겨우 이름을 붙였다고
속속들이 다 아는 것은 아니다

계획 중에선 식물의 계획이 가장 아름답고 또 견고하다

계획을 실천하려면 날짜들과 친교를 맺어야 한다 날짜 중
에선 내 것이 있고 또 내 것이 아닌 날짜들이 뒤섞여 있다
섞어 놓은 카드 중에서 서로 같은 그림을 골라내듯 내 것의
시간과 네 것의 시간을 서로 주고받아야 한다

\>

며칠 앞을 불러들이고
이미 지나간 며칠의 뒤와 길이를 맞춰 보고
크기와 날씨들을 비교해 보면서
계획을 의논해야 한다

모범 답안은 어디에나 있고
또 어디에도 없다

## 무한연필

무한연필이 있다는 광고를 본다
밤을 뒷배경으로 두고 있을까

아니면 몇억 년 숨어 있는 땅속의 과거들과 검은 글씨들
공급 계획을 체결하고 있을까

종이를 앞에 두고 또 반짝거리는 커서를 앞에 두고도 내
글자를 찾느라 한참을 고민하고 기다리는 일이 종종 있듯
무한연필이 있다고 해서 세상 글자들이 다 내 것이 될 수
는 없다

평소에 친한 글자들을
많이 만들어야 한다

적재적소에 딱 들어맞는 글자들, 내 생각의 앞에 서서
뛰어가고 천천히 산책하는 글자들과 가장 맨 끝에 서서 뒤
를 독려하고 돌봐 주는 그런 글자들을 고용하든지 친해져
야 한다

그런 다음에야 무한연필을 구매해야 한다

>

우선 속속들이 세상을 잘 알고 글자들을 부릴 만한 능력
이 되는 연필 어떤 질문에도 대답할 줄 아는 재치 있는 연
필이어야 한다

푸른 글씨 맑은 글씨
형형색색의 글씨들
발끝에서부터 올라오는 반짝이는 글씨들

자꾸만 멀어져 가는 무한연필
손끝에서 맴도는
마음만 급한,

# 우편함

저곳은
하냥 기다리는 곳이다
몇 사람이 돌려쓰고 나누어 쓰는
주소지들이다

아마 곧 늦가을이 저곳에 도착할 것이고 발신인은 저 북
쪽 찬바람 끝일 테고 눈을 밟고 온 발자국들도 혹은 외줄 바
큇자국이 저곳에서 뒤돌아 나갈 테지

두어 번 접은 소식을 받으면 나도 두어 번 접힌 채 살고
있다고 긴 주소지로 답장을 보내겠지 그러면 또 답장이 오
고 가을의 목차가 빼곡한 책 몇 권과 중간중간 머뭇거린 호
흡의 긴 시와 애써 풀어내는지 아니면 감추려는지 모른 시
작 노트가 첨부된 그런 시를 읽게 되겠지

봄의 목련이 빠른우편으로 도착해 뚝뚝 떨어졌었고 절교
의 필체는 날카로웠었지 옛날의 기억 중 어느 것은 발송 사
고가 났는지 기어이 도착하지 않지만 생각하면 눈시울 붉
은 편 편 들이라니

&gt;

우편함은 모든 주소의 끝에 있지

어떤 주소지에는 이미 이사 간 집들이 드문드문 있지

# 구름 뭉치

구름을 보고 있으면
곧 해결될 일을 보고 있는 것 같아
기분이 좋아진다

잔뜩 엉켜 있는 것처럼 보이지만
기어이 일직선으로 풀어지는
빗줄기를 보게 될 테니까

두꺼운 돋보기를 쓰고도
명주실 엉킨 뭉치를 기어이 다 풀어내던
사람을 닮은 것 같아
마음이 훈훈해진다

우산을 챙기라고
빨래를 걷으라고 널어놓은 것들을 챙겨
어서, 비설거지를 하라고 알려 주는
저 구름 뭉치를 보면
듬직해서 또 좋다

재미있는 동화책을 읽는 것 같아

두근두근 뛰는 마음이

그중 제일 좋다

# 오리

오리가 물을 가르며 간다
물엔 상처가 없다
오리의 뒤를 따라가며 아무는
물의 후미가 보인다

물은 참 반듯한 성품이다
어느 곳에 담겨도
그 반듯한 수평을 잊은 적이 없다
가끔 물이 휩쓸고 간 흔적들이 있지만
그건 물의 일이 아니라
사나운 내리막길의 흔적들이다

오리가 갖다 놓은
물의 틈 사이로
산그늘이 들어가고 한 뭉치
구름이 서둘러 들어간다

오리는 저의 뒤가
갈라지고 서둘러 봉합된다는 것을
모르고 산다

\>

물 밑에서 분주한 생
물살을 달래면서 보내 줄 뿐이다

상처들을 온통 뒤쪽에다 둔 오리는
저의 상처를 모른다

간혹 뒤를 돌아보면
아직도 아물지 않은 상처들이
물살을 가르며 따라온다

## 슬픔이 고이는 곳

살면서 움푹한 곳은
만들지 말아야 합니다

그곳에 슬픔이 고일 수 있습니다

어쩌다 자칫, 이라는 말을
하나 갖게 된다면 잘 수리하고
다듬어야 자칫 일어날 수 있는 일들을
피할 수 있습니다

가늘어진 눈썹 사이
오랜 세월의 험한 길들이 일그러질 때도 있습니다만
머리카락이 날리는 데로 따라가야 합니다
깨진 곳이나 쓸데없는
흠 같은 것도 만들지 말아야 합니다
자칫, 쓰린 상처가 스며듭니다
한 치 앞의 발걸음도 조심해야 합니다

부드러운 입김도 낭비해선 안 됩니다
내 상처는 내가 불어야 하기 때문입니다

너무 따뜻하지도 차지도 말아야 합니다

내리막으로 게으름이 굴러갈 것이고
오르막으로 주저함이 느리게 오를 것입니다

잔잔해야 합니다
호수의 수면처럼
수평선처럼 둥글어야 합니다
둥근 모양엔 함부로
귀찮은 일들이 달라붙지 못합니다

# 얕은 잠

바지 밑단 한 겹 접은 만큼의
얕은 잠에선 나직한
목소리들이
빗소리가 켜 둔 채 잠든 텔레비전 소리가
또 옆집의 초인종 소리도
함께 모여 있습니다

귓불을 스치는 엄마의
자장가 같은 바람 소리
뭉게구름 사이로 홀씨 하나가 날아가듯
스쳐 지나가는 얕은 생각들

푸른 하늘 아래
반짝이며 흐르는 시냇물 소리,
나무 그늘 사이에서 춤추는
초록빛 수초 같은 얕은 꿈들

마치 얇은 이불을 덮은 여름의
한 겹 같은 잠
눈꺼풀의 칭얼거림을 못 이기는 척

잠든 얕은 잠이 있습니다

가끔은 그 얕은 잠에
제철 꽃을 심고
잘생긴 눈사람을 만들어 놓고 싶습니다

창밖의 일과
잠 속의 일이 서로 사이좋은
그런 잠을
가끔은 자고 싶습니다

## 미역을 물의 춤이라고 부르자


미역은 바다의 무용수
물의 춤이라고 부르고 싶다

저 파릇한 해양식물인
미역의 흥興은
일렁이는 물살의 등쌀에
한시도 고요할 틈이 없다

어떤 물살에도 춤으로 화답하는
푸른 피가 흐르고 있는 것이 확실하다
모든 힘을 바위에 붙여 놓고
무중력으로 춤추는
바다의 춤꾼

물살에 시달리다 보면
질기고 뻣뻣해질 것도 같은데
미역은 줄기도 국물도 모두 부드럽다
한시도 흥을 잃지 말라고
부드럽게 살라고
생일이면 어김없이 챙겨 먹는다

\>

미역에는 엄마, 라는 말이 들어 있다
나를 낳고 미역국을 끓여 드셨을 엄마
그 엄마도 미역처럼 부드럽고
흥이 많았을 것 같다

물살 좋은 곳에서 자란 미역을
싹둑 잘라다 햇볕에 널어놓으면
금세 뻣뻣해지는데 그걸
마른 물살이라고 부르고 싶다

미역은 물의 음악을 알아듣는다
그래서 모든 미역엔
미역귀가 있다

# 봄나물 철자법

장날 노점에 앉아
봄나물 파는 할머니들
박스 쪼가리에 적어놓은 나물 이름들이
조금씩 철자법 틀려 있다

좀 틀리면 어떤가
원래 봄은 연하디, 연해서
아무리 제대로 적어놓아도 제풀에 시들거나
하늘거리는 법이라서
어떤 글자들이라도 조금씩 받침이 틀리고
기역자가 쌍기역으로
그 햇순이 늘어난다

참나믈, 방푸나믈, 원츠리, 같은 이름들
조금 더 봄이 깊어지면
스스로 살이 올라 꽃피울 것이다

봄의 근처는 멀어도 봄
조금 삐뚤어지게 적어놔도
다들 반듯하게 읽는다

\>

오래된 이름들도
봄엔 생각나지 않고 몇몇은
성씨도 이름도 제멋대로 기억나지만
찬찬히 떠올려 보면 이름들마다
다 꽃이 피어있다

**제2부**  꽃의 속도

# 홑겹

홑겹으로는
초여름 나무 그늘이 있다
갓 핀 모란 꽃잎이나
멀리서 우는 새소리가 있다

열린 미닫이문으로 들어온 홑겹의 바람이
저의 손목을 베고 모로 누운
홑겹 잠을 덮어 준다

갓 말을 배운 아이들의 말이나
아직 배우지 못한 말을 대신하는
울음소리도 홑겹이다
그런 아이의 울음을 듣는
엄마의 귀도 홑겹이다

햇살이 섞인 내의 미지근한 물도
곧 홑겹의 수온이 된다
노란 민들레꽃도,
며칠 꽃이 머물다 간 홀씨도
털갈이를 마친 고양이의 앞가슴 털도

모두 홑겹이다

날씨가 좋다고
먼 곳에서 전화한 친구의 목소리도
가볍고 환한 홑겹이었다

아름다운 꽃의 제철들
나란히 철길 달려 도착한 지명
모두 홑겹이다

모처럼 읽은 시들도
성경의 한 구절도
모두 모두 부드럽고 투명한
홑겹이다

# 겹겹

오해는 겹겹이다
연락이 끊긴 친구도
막 사춘기에 접어든 아이도
답답하기 이를 데 없는 겹겹의 존재이다

오후의 소나기를 가득 품고
오전의 하늘을 느릿하게 지나가는
저 겹겹의 먹구름이
셀 수 없는 가닥으로 쏟아 놓을
소나기도 피할 곳 없는 겹겹의 난처함이다

저녁의 순간에 숨어 버리는 태양
그 후에 물들이는 붉은 종래는 겹겹의 아쉬움이다

퀴즈 프로의 진행자와
정답을 골똘히 고민하는 참가자와
남극에 산다는 황제펭귄의 겨울용 속 털과
이제 막 겨울잠에 드는 곰의
저 피둥피둥한 몸
그 곰 한 마리의 잠을

겨우내 빨아먹고 비쩍 마른 곰을
봄볕에 내모는 동굴 하나도
겹겹의 시간 들이다

먼 곳의 친구가 전하는 부고 소식
들숨 날숨이 겹겹으로 슬프다
세상의 모든 비밀 위로
지나가는 시간들

한겨울 동안 꼭꼭 문 닫아걸고 있을
온갖 씨앗들로 겹겹을 두르고 있다

# 순한 뿔

아직 꽃송이가 숨어 있는
목련 봉오리는 온순한 짐승의 뿔 같다

가려워서 쌀쌀한 봄바람이든
빗방울이든 가리지 않고
들이받으려 한다

봄엔 저 먼 곳에서부터
유리 햇빛이 깨진 사금파리처럼 온다
그런 햇살 귀퉁이들은 따갑다

봄기운은 물관부가 있는 곳이라면
가리지 않고 물을 길어 올린다
뾰족한 가시 끝에도
로제트 식물들의 나선형 무늬를 빙빙 돈다
그런 풀들을 밟으면
풍덩, 물소리가 날 것도 같다

들이받으면서 깨지는 봄볕들이 아니라
참고 참아 왔던 꽃 피는 시절들이

와장창 소리도 없이 깨지고
이내 색색의 꽃들이 활짝 핀다
알전구 같은 꽃들도 봄을 들이받고 있다

어린 염소의 뿔에서도
여차하면 꽃이 피겠다는 각오다
그런 각오로 염소들은 각축角逐을 벌인다

엉킨 나뭇가지 같은 뿔
모든 순한 뿔에선 꽃송이들이 퐁퐁
돋아난다

# 꽃의 속도


이맘때 남해에서
생선을 싣고 달리는 트럭들은
꽃의 속도로 봄밤을 달려온다고 한다

휙휙
차창을 스쳐 가는 꽃의 속도를
따라잡을 생각 같은 건
아예 하지 않는다고 한다

꽃들은 국도를 따라 달리다가 어느 낮은 담장 안 유실수
에 붙어 신맛 나는 자두나 살구가 된다고 한다 자두나 살구
보다 더 큰 꿈을 가진 꽃들은 어느 과수원 철조망을 넘어 들
어가 사과가 되고 복숭아가 된다고 한다 봄밤을 달리는 꽃,
남쪽에서부터 점점 속도를 올려 중부지방과 서울을 지나 휴
전선 넘어 개마고원까지 간다고 한다

또 남쪽에서 오는 버스들과
기차 좌석들은 모두 만석이라고 한다

미처 타지 못한 동백과 수선화, 제주도에서 시집온 노란

유채꽃 벽돌담을 끼고 뒷담화의 산수유를 뒤로하고

좌석마다 온통 꽃들이 앉아 있어
언뜻 보면 사과꽃 한창인 사과밭이나
흰 배꽃이 만발한 배밭처럼 보인다고 한다

친구들 모처럼 모여
잠시의 바람도 버티지 못하는 벚꽃보다는 질기게
모두 꽃의 속도로 여기까지 왔다고
배꽃, 사과꽃 같은 수다를 떤다

# 동백

붉은 옷소매가 뜯어지듯
동백은 겨울의 끝에서 올이 풀려 나오듯 핀다
한겨울 갈 곳이 없는 초록과 더불어 붉은색 꽃이
흰 눈밭을 배경 삼아 핀다

저녁 무렵, 스스로 밝히는 동백은
저 말고 다른 꽃이 있다는 것을 모른다
두어 달 간격을 두고 피는
노란 산수유꽃 소문은 들어서 알고 있다지만
한 번도 노란색 피는 계절까지는
가 본 적이 없다

못내 아쉬워
저의 발밑이나 밝히려
붉은 꽃을 송이째 뚝뚝 떨군다
꽃 피는 바다,
동백은 나뭇가지 위에서 한 번
뒤이어 바다에서 또 한 번 피는 꽃이다

남쪽의 꽃 소식이 뒤늦었다고 아쉬워 말 일이다 동박새

날아간 뒤끝으로 흔들리는 동백은 볼 수 없다지만, 나무 밑을 서성이는 낙화의 한철을 볼 수 있으니 행여 어둑한 저녁을 이불 삼아 초저녁잠에 들려 했다면 낙화의 빛이 눈 속에 어려 기어이 뒤척이게 될 것이니

　　어느 날 흐트러진 머리를 매만지는
　　동백기름 묻은 봄바람에
　　가지런한 상념想念을 맡겨도 좋겠다

# 산수유

붉은 동백에 눈을 덴 일이 있다면
노란 산수유꽃에 식혀도 좋겠다

꽃 지는 속도로 남녘 바람이 상경해 오면
물이 빠진 노란색으로
산수유 핀다

그래도 저 아랫동네의 붉은 동백을
소문처럼 듣고 들어서
빨간 산수유 열매를 맺는다
윗동네 아랫동네가 소문으로 만나서
이내 소문으로 지고 나면
만화방창萬化方暢 온갖 꽃들이
뒤이어 핀다

노란색 꽃이라면
이웃하는 생강나무 꽃이 있지
생김새는 같지만, 그 향기는 다르지
어금니에 씹히는 생강같이 톡 쏘는 꽃향기는
겨울 끝자락에 핀다고 하여

동백이라고도 하지

산수유는 사람 곁으로
마을의 담장 곁으로 걸어온 나무들이지만
생강나무는 산속을 고집하는
고집 센 나무지

가는 봄을 아쉬움으로 표현하는 말로
산수유꽃 진다고들 하지

## 사탕, 사랑

사탕을 여러 번
반복해서 말하다 보면
어느 순간 사랑이 됩니다

입속에서
스스로 바뀌는 말이 많습니다
닮아 가는 것입니다
옹알이가 변하지 않는 한
그 맛은 영원히 살아 있습니다

　빨리 녹는 사탕이 있는가 하면 오랫동안 천천히 녹는 사탕이 있습니다 성급하게 깨물어 먹기도 하고 어쩌다 보면 바닥에 흘리기도 합니다 모두 사랑의 일례들입니다 우는 아이의 입속에 사탕을 넣어 주면 사랑이 시작됩니다 뚝, 그친 울음이 입안에서 천천히 녹아 갑니다 사탕을 입에 넣은 아이는 한동안 아무 말도 할 수 없습니다 사탕보다 더 달콤한 말이 있을까요

바닥에 흘린 사탕엔
개미 떼가 새까맣게 달라붙습니다

개미들도 사랑의 맛을 아는 것이지요
미물微物들도 사랑을 귀하게 여긴다는 뜻입니다


한번 사탕을 입에 물었던 기억은
오랫동안 단맛을 잊지 못합니다
헤어진 사랑이나 끊어진 사랑을 잊지 못하는 일과도 같
습니다


세상에 쓴맛 나는 사탕이 없는 까닭입니다


아이들이 사탕처럼 뛰어노는 것을 봅니다
천천히 녹아 가듯 저의 달콤함을 오랫동안 녹이며
어른이 되어 갈 것입니다

# 고드름

겨울밤 세상엔
세찬 바람만 살아 있다
그 바람과 추위는 어느 집 처마에다
투명한 고드름을 경작 중이다

겨울에 유일하게 자라는
온도와 온도 차이를 두고
흘러내리는 일이라고
누가 헐뜯을 수 있을까

쌓이는 눈
두께를 더하다가 이내
깊이가 되는 적설량
해가 뜨면 지붕 위에 쌓였던
저의 두께와 깊이를 덜어 내는 일로
똑똑 녹아 떨어지는 음표를 그린다

처마 밑
길게 자란 저 고드름들

>

아무리 춥고 사나운 바람이 부는

겨울이라 할지라도

쑥쑥 자라는 것이 있고

톡톡 말 줄인 언어가 태어나는 일이 있다

# 실망

누군가 내게 물었다
실망이 몇 개나 남아 있냐고

나는 가만히 생각한다
도대체 나에겐 몇 개의 실망이 있었을까
언제 누구에게 받거나
빌려 온 기억이 없는 실망들

문득, 기쁨은 또 몇 개나 남았을까
살짝 궁금해지는 것이다

아직 가진 기쁨 중에서
몇 개나 실망으로 바뀔 것인가
아무리 계산해도 모르겠다
실망을, 기쁨이 부서진 일이라 한다면
그건 기쁨에 붙어 있는
기쁨 사용 설명서 같은 것이 아닐까
설명서대로 잘 사용한다면
실망으로 바뀌는 기쁨은
생기지 않을 테니까

>
기쁨의 불량처럼
몇 퍼센트의 비율로 섞여 있을
실망을 찾는 일은 쉽지 않다

나는 누구의 기쁨이었고
또 누구의 실망이었을까 곰곰
되짚어 보는 것이다

# 바닥론

모든 비하卑下를
굳건히 받치고 있는 바닥의
조력 없이는 단 하루도 살 수 없습니다
뭇 생명에게 발이 생기고
그 발로 걸을 수 있는 이유도
다 바닥이 있기 때문일 것입니다
하물며 새들도 죽을 땐
공중에서 바닥으로 내려와
바닥과 날개와의 불화를 풉니다

허리뼈 하나만 삐끗해도,
양팔이 질서 없이 흔들려도 평평했던
바닥은 요철로 보이겠지만
바닥에서 꽃 피고
물이 흐르고
나무들의 기립이 시작됩니다

신이 왜 인간을
이 바닥에 풀어놓고 살게 했는지
집을 짓고 가족을 두고

비옥한 농토를 경작하게 했는지
가장 낮은 곳에 역사를 설계했는지
그 바닥에서 일생을
마치게 했는지 알아야 합니다

이 고층의 주거에도
다 따뜻한 바닥이 있다
내가 잠에서 꾼 온갖 꿈들도
이 높은 바닥에서
이루어진 것들입니다

# 철길은 달린다

두 줄의 철길이
하나의 소실점을 향해 달린다

함께 강을 건너고
코스모스가 핀 가을을 달려
작은 간이역에 도착한다

뜨거운 3분을 후후 불어 허기를 채우고
오는 중인지 가는 중인지 깜빡 잊고
미끄러지듯 출발하는 기차에 올라타는 사람들

한쪽이 곡선을 만나면
그 반대쪽도 함께 곡선을 앓는다
같은 시간 같은 순간을 달려
터널을 지나치고
무수한 침목을 세며 간다

어느 한쪽이 먼저 끊어지거나
길거나 짧지 않고
경쾌한 이음새를 노래한다

>

나란히, 라는 말을 길게 이어 놓고 있지만
영원히 서로 합쳐지지는 못한다

다만 너와 나를 서로 나누어
이탈하지 않는 중력을 끌고
열두 량 긴 객차를 달고
종착지를 향해 달린다

# 따뜻한 건망증

친구가 벗어 놓고 간
두툼한 건망증
돌려줄 때까지는 내가 목에 두르고 다니기로 했는데
친구의 건망증이 이렇게 따뜻했다니

늘 핀잔 끝에서 시무룩하던 잦은 건망증
자주 생각의 손을 놓치고
시간을 건너뛴 것일 텐데
생각해 보면 일생이라는 것
멍하니 딴생각 끝에 두고 왔다는
탄식의 일종인 것이다

시간에 빼앗긴 것이 아니라
그 일생, 내가 깜빡 잊고 놓고 온 것이다

그러면 또 어떤가
두고 온 건망증은 또 누군가가 두르고 다녔을 것이고
두고 간 건망증은 또 내 것이다
그동안 너무 무겁게 살았다
옛날은 지금의 나에게 알맞을 것이니

딱 맞는 지금 한 벌 걸치면 된다

괜찮아 괜찮아
시간은 누구에게나 공평했으므로
저 잔잔한 호수의 수면처럼
평평하게 빈 생각으로 살자 토닥여 주면서
단 하루도 흘리지 않고 지나가는
오늘을 눈부시게 찾아온 햇살에
네 무게와 내 무게가 같다는 말을 했다
햇살도 고개를 끄덕였다

# 햇살 토렴*

세상 어디건
햇살 닿지 않는 곳 없다
여름엔 그늘과 시원한 물소리를
잘 섞어 토렴하고
겨울엔 양지쪽과 난로 옆
흰 눈이 반사되는 정오의 햇살을
잘 섞듯 토렴한다

지구의 사계절은 다 햇살 토렴 덕분이다
지구도 비록 비스듬하지만
단 하루도 쉬지 않고 빙빙 돌며
여러 나라 날씨와 바닷물과
말들을 토렴하지 않는가

옛날 아버지도 그랬다
행여나 자매끼리 목소리를 높이면
이쪽 말 저쪽 말 다 섞어 보고
그중 알맞은 온도의 의견으로
토렴하듯 각자에게 나누어 주곤 했는데
아무도 그 온도에 대해 뜨겁다 차갑다 뒷말이 없었다

&gt;
그래도 그리운 것은 어린 시절, 한여름
햇살 토렴으로 따뜻해진 툇마루에서
깜빡 달콤한 낮잠에 빠졌던 기억이라고
오늘도 친구들과 지나간 말투로
지나간 일들을 앞다투어 토렴하고

후우, 불지 않아도
친구들이란 평소에
섞고 또 섞이는 토렴이다

* 토렴: 밥이나 국수 따위에 따뜻한 국물을 부었다 따랐다 하며 데움.

# 노을과 별은 경첩이다

노을이 낮을 닫는 경첩이라면
별은 밤을 닫는 경첩이겠지

적어도 지구가 생긴 이후부터니까
참 오랜 시간을 여닫았을 것인데
한 번도 삐걱거리는 소리를 내지 않는다
모든 문에 달려 있다는
손잡이조차 없다

사람들은 그렇게 모든 여닫는 일을
노을과 별로부터 배웠다
집을 짓고 여러 개의 문을 만들고
그 속에 잠자리와 별빛같이
빛나는 것들을 모아 놓고
별밭처럼 살고들 있다

노을은 서쪽의 등불 같고
별은 어린 날 지붕 위로 버렸던
빠진 이빨들같이 빛난다

\>

세상 모든 것들엔 저마다의 경첩이 있다
소리를 내는 것들보다
결심에 달린 소리 없는 경첩까지
다양한 여닫음이 있다

생물이라는 일생은
요란한 울음소리로 열리고 닫히지만
정작 자신은 듣지 못한다
노을과 별을 생각해 보면
이처럼 아름다운 경첩도 없다

## 웃는 구석

오늘은 몸 어느 구석이
환하게 웃는지 몸이 개운하다
웃음의 뒤끝인 양 즐겁다

어느 날은 찡그린 구석이
이곳저곳으로 옮겨 다니는지
온몸이 결리곤 하지만
활짝 열어젖히는 커튼이 있는지
쏟아져 들어오는 햇살에
화분을 옮겨 놓았는지
오늘은 온몸이 따뜻하다

이런 날엔 노래를 불러야지
혈관을 타고 음률들이 흘러 다니게
피아노 건반을 두드려야지
웃는 구석을 찾아
음계를 날아 꽃비가 날리듯
춤을 추어야지

사과를 보면 웃는 구석부터

먼저 빨갛게 익어 간다
숲의 나무들도 웃는 구석들은 먼저 붉게 물든다
멀리 노을처럼 물들어 있는 친구들과
낙엽 밟는 소리처럼 까르르
웃는 모임을 만들어
빨갛게 잘 익은 사과 한 알 먹고 싶다

마음에 오래 담아 두었던
파랗게 웃는 구석이
빨갛게 익어 가고 있는지
오늘은 참 즐겁다

## 부메랑

앙상한 초승달은 꼭
부메랑같이 생겼다
상현에서 날리면 보름을 돌아
다시 하현으로 날아온다

둥근 원을 돌면서
조금씩 갉아 먹었는지
제자리들은 늘 말라 있다

달은 그 직업이
물의 간섭들이다

열목어 등을 지나가는 달
구불구불한 물소리를 펴며 가는 달
온갖 해안을 돌면서 썰물과
밀물을 간섭하고 다닌다
반달을 닮은 조개류들을 키우고
산등성이를 훌쩍 넘어간다

나도 이생에 와서

상현에서 시작해 하현으로 가는 중이다

둥근달을 키운 적이 있었다
그때 던져 놓았던 부메랑들이
반갑게 찾아올 때가 있다

던진 거리만큼 갔다가
방향을 되짚어 돌아오는 부메랑
가고 오는 일에 하나의 주소를 둔 부메랑을 보면
나의 깎인 자리엔 다시
보름달이 차오른다

# 지평선

지평선은 거짓말
끝처럼 보이지만 끝이 없는 곳
지구를 스무 바퀴 돌아도 따라잡을 수 없는 곳

그건, 그냥 하루의 곡선
아침의 시작

밤배들이 별처럼 떠 있는 곳
은빛 비늘들이 무수히 튀어 오르는 곳
가물가물 기억날 듯한
엄마 얼굴같이 멀리 있는 아름다움

집어등 밝힌 고깃배들이 긴 지평선 위에 걸쳐져서는 하늘
과 바다가 맞닿은 전설같이 밤이면 배들이 둥둥 떠서는 동
쪽 하늘에 별자리를 그물로 잡아 온다는 어릴 적 찢어진 동
화책의 한 장같이

지평선은 진실과 가장 가까운 거짓말
우리가 사는 곳이 정확한 반쪽이라는 것을 알려 주는 곳
하루가 양쪽에 걸쳐져 있다는 것을 알려 주는 곳

&gt;

지평선에서 돌아오는 배를

뒤따라오는 물보라들

포구에 매어지는

밧줄에 묶인 저녁 어스름

# 매듭

매듭이 없었다면
묶어 두어야 하는 것들은
모두 저 멀리 도망쳤을 것이다

매듭은 말뚝과 가장 친한 사이
사람을 대신해 온종일 소나 염소를 묶어 두고
돌보는 한 사람 몫의 일꾼

여자들 앞섶에 늘 붙어 있던
옷고름도 매듭 중 하나
운동화 끈 조여 맨 신발 끈도 매듭 중 하나
무 장다리꽃 위에 앉은 나비도
초여름 매듭

매듭 하나씩 나누어 가진
친구와 나는 여전히 풀지 못하고
서로 엉킨 매듭을 버려 두고 있지만
내일을 모르는 와중에도 오늘이라는 매듭을
풀고 또 묶는다

＞

흐르는 물에도 매듭이 있어

유독 물소리가 크게 나는 곳이 있다

빠른 물살을 한 번 묶어서

그 속도를 조금 줄이는 물의 매듭을 두고

사람들은 여울이라고 부른다

물고기가 알을 슬고 산그늘이 돌의 이끼가 되는 곳

물의 매듭에선 햇살이 뛴다


나팔꽃들은 매듭으로 밤을 건넌다

나무들은 매듭진 모습으로 오래

제자리에 서 있다

# 풍향계

바람도 길이 있다
동풍이니 서풍이니 하는
방향들이 붙은 것만 보아도 알 수 있듯
바람들은 방향들을 돌보고 다닌다
서쪽의 구름을 몰고 와
동쪽의 빗방울이 되게 하고
동쪽의 비를 서쪽으로 몰고 가
첫눈을 내리게 하기도 한다
눈은 모두 북쪽에서 몰려온 날씨들이다
여름이 잠시 지구의 가을 쪽이나
봄 쪽으로 휴가를 가면
그 틈을 메우듯 북쪽이 몰려와
흰 눈을 펑펑 쏟아 놓고
바퀴들을 헛돌게 하고
오르막과 내리막을 미끄럽게 하고
흐르는 물에 차가운 간섭을 한다
어느 집 마당이나 창밖에 나무 한 그루 있고
그 나무들을 풍향계로 삼지만
가끔은 풍향계에 들키지 않고
아주 보드라운 새털이나

예민한 먼지를 지나치는 바람들도 있다
어느 때는 책장의 이쪽에서
다음 장으로 넘어가다가
나에게 들키는 바람도 있었다

# 꽃이 꽃을 빠져나간다

꽃이 막 피어나고 있어요
아니, 꽃이 막
꽃을 빠져나가고 있어요

구름에서 빗줄기가 빠져나가듯이
바람에서 펄럭이는 것들이
방향도 없이 날아가듯이
일 년에서 한 달이
하루에서 한 시간이
아침 햇살이 서쪽으로 빠져나가듯이

잠에서 하루치의 꿈이
빠져나가고 있어요

엄마와 아버지가 아이 속으로 들어가듯
씨앗 속으로 들어간 꽃을
누가 목격했나요?

씨앗에서 싹이 빠져나오고
이파리들이 여름을 지나가듯이

어제는 한 이름이 내게서
조용히 빠져나갔지만

빠져나가는 일이
곧 들어가는 일이기도 해요

# 별 닦는 사람

별을 닦는 사람이 되고 싶다
어제 혹은 그보다 더 먼 곳에서
아직 발견되지 않고 있는
별을 찾아내어 정성스럽게 닦는 사람
매일 세수를 하듯 이슬을 모으고
빗방울과 똑똑 떨어지는 낙숫물 모아
그것들로 별을 닦아 내는 사람이 되고 싶다
그런 일은 흐린 날을 닦는 일이라서
즉석 복권을 긁어 내어
느닷없는 행운의 숫자를 만나듯
구름 뒤에 가려진 별을 찾는 일이다

우주를 유영하는 동안의
무중력과 침묵을 닦아 내면
큰 분화구와 아득히 펼쳐진 분지盆地와
먼지 낀 노을이 아름다운
그런 서쪽을 가진 별을 닦아

파란 바다와 창공과
어딘가에 숨어 있는 캄캄한 밤과

이미 오래전에 닦아 놓은
빛나는 별자리를 보여 주고 싶다

그런 천직을 갖게 된다면
오아시스와 낙타와
신기루를 갖춘 사막에
별을 하나씩 선물하고 싶다

# 모퉁이의 달

일 년 열두 달 중
3월과 칠월은 꼭 모퉁이 같다
이쪽에서 저쪽을 넘겨다보듯
모퉁이 달에선 왠지 모르게 마음 설렌다

훈훈하게 풀린 땅에서 뾰족한 것들이 돋는
3월에 부는 바람들은
모두 농기계들을 닮았다
호미같이 끝이 뾰족하고 살짝 구부러져 있다
모종삽같이 들뜨고 바구니같이
얼기설기 엮어져 있다

반면 7월은
바람들도 파랗고 무성하다
가끔 그 바람 속에서
살찐 고라니가 튀어나오고
질겨진 새소리가 흘러나온다

9월과 11월
홀수 달에선 밭고랑에서 잃어버린

호미의 자루에서 버섯이 피고
고요한 날개가 생기고
이내 철새들처럼 날아가려고 한다

모퉁이의 달에선
땅이 들뜨고 분주해지고
봄과 여름에 도착한 숲이
가을과 겨울을 향해 뛴다

# 이팝나무 신호등

신호등 옆에
만개한 이팝나무가 서 있다
한참을 꽃구경하느라
파란 신호 두어 번을 놓쳤다

아니 그냥 보냈다
갈수록 가까운 꽃보다
멀리 보이는 꽃이 좋아서이다

흰 이팝나무 꽃 신호등은
어떤 횡단의 신호일까

내가 서 있는 자리가
이미 건너왔거나 아직 건너가야 할
신호등의 시간이었다는 것을
계절이었다는 것을
오늘은 봄의 풍경으로 알아차렸다

빨간색도 파란색도 흰 꽃의 색도
모두 깜빡거리며 독촉할 때

그냥 길 이쪽 편으로 서 있고 싶지만
나는 이쪽이나 저쪽으로 서 있던 사람
그 방향 하나를
이제 골라야 하는 사람
멍하니 서서 탈색을 앓는다

제3부 옆자리

# 사흘 전

어떤 불행도
사흘 전으로 돌아간다면
막을 수 있을까요?

만약 신이 사흘을
모든 시간의 여비로 주었다면
되돌아가서 타이르고 위로하고 설득해서
일어나서는 안 될 일을 말리고
꼭 일어나야 하는 일들을 반드시
일어나게 할 수 있었을 텐데

하늘의 촘촘한 별들의 간격
팔 벌린 나무들의 간격을 알았다면
허술하게 흘려버린
모든 사흘은 되돌릴 수 없는
불행 뒤에 간절한 날들인데

오르막길, 내리막길
예기치 못한 불행들은 모두
앞날에 있으므로

앞날을 멀리 내다볼 수 있는
경험이라 불리는 뒷날들이라는 것을
잊지 말아야 한다

여물지 않은 꽃씨를 놓친 손
속울음 하나를 꼭 쥐고 있다

# 돌의 온도

시월, 돌에 앉으면
아랫목에 앉은 것처럼 따뜻하다
그건, 멀고 먼 거리를 찾아온
햇살들의 딱딱한 방석이기 때문이다
세상에 폭신한 방석들만 있는 것이 아니어서
가시연꽃처럼 따가운 방석도 있고
미지근한 물의 수면 같은 방석도 있다

그중에서 돌은 가장 따뜻한 방석이라서
햇살이 낮 동안 앉았다 간다

생전의 아버지도
무뚝뚝한 성격 속에
따뜻한 돌 같은 묵직한 온도가 있었다
예열의 시간이 좀 길기는 했었지만
한번 달아오르면 오랫동안 따뜻해서
좀처럼 식지 않는 온도가 있었다
투정을 올려놓으면 보송하게 마르고
조르는 일을 올려놓으면
미리 준비했다는 듯

슬며시 들어주던 숙성된 돌의 온도

지금도 아버지만 생각하면 마음이
따뜻해지는 것은, 나도 모르게 아버지를 내 속에
무겁게 들여놓은 까닭일 것이다

그 옛날
아버지의 무릎에 앉았던 일처럼
걷다가 힘들면
따뜻한 돌에 앉았다 가리라 마음먹지만
슬픔 속에도 가끔은
아버지의 온도가 있다

## 맛있는 하모니카

입속엔 노래가 많지
귀로 들어온 노래가 나가지도 않고
홍얼홍얼 입속에서 살지
하모니카는 입속의 노래를 내보내는 악기지
노래 없는 입으로 빈 입맛이나 다시는
소요음영逍遙吟詠의 뒷짐이지

처음 하모니카에 입술을 대었을 때
벌들의 날개 맛, 붕붕거리는 맛이 났었지
뿜뿜 뺨뺨 홀쭉해진 뺨의 맛
하모니카 속엔 아는 노래가 없었지
입속에 헛바람을 아무리 많이 넣어도
뿜뿜 뺨뺨 소리로 바뀌었지

열 줄의 휘파람이 뭉쳐져서
한꺼번에 쏟아져 나왔지

그 소리에 음계들이 모여들었고
옥수수들이 쑥쑥 자랐지
사람들은 자신들의 어깨가 이렇게

흥겨운 곳이라는 것을 알게 되었지
들숨과 날숨에 붙은 음악처럼
헛된 숨은 없지
입속의 악보지

입속으로 들어간 바람이 조용한 것 같아도
날숨으로 내보내는 숨이 고요한 것 같아도
모두 음악이었다는 것을
언젠가는 알게 되지
아무리 쥐 죽은 듯 살던 입들도
뿜뿜 빰빰 들뜨는 때가 있지

# 회로들

세상엔 전자 제품들 속에만
복잡한 회로가 있는 것은 아니다
식물들 속엔 풀벌레 소리 같은
파란 전선과 빨간 전선으로 꼬아 놓은
회로들이 있다
어디 식물들뿐인가,
흐르는 물속엔 갈수록 전압이 낮아지는
낙차의 회로들이 무채색으로 있다
다만 무수한 자갈돌들이 귀를 닫고
입만 열어 놓고 쉴 새 없이 졸졸 소리를 낸다
사실 그건 빗줄기들에서 배운 기술
비 오는 날 공중을 쳐다보면
셀 수 없는 회로들이
땅으로 떨어지는 것을 볼 수 있는데
식물들은 그 빗줄기를 닮은
회로들을 각각 심어 두고 있다
가끔 파란 식물에서 빨간 열매가 달리는 것을 보면
분명, 빨간 전선의 역할이
지대했음을 알 수 있다

\>

여름 막바지에 들리는 귀뚜라미 소리에도
가늘게 꼬아 놓은 회로가 있다
하늘로 쏘아 올리는 망상의 회로들
각각의 소리로 자욱한 회색의 회로들
나팔꽃 줄기는 그중
가장 모범 답안 같은 회로를 보여 준다
한 번도 나팔꽃 확성기에선
소리가 터져 나온 적은 없다

## 외눈박이 푸른 별

신은 인간의 양쪽 눈에
먼 곳과 가까운 곳을 맡겨 놓았다

그런 이유로 멀리 보기 위해서는 반드시 한쪽 눈을 꼭 감
아야 하지만 우리가 사는 지구엔 낮과 밤이라는 각각 다른
두 개의 눈동자가 있다 그건, 고양이의 눈 속에서 고양이를
공전하고 자전하는 오드 아이를 닮았다

지구는 외눈박이 푸른 별이어서 자신을 닮은 열매들 속
에다 무수한 은하를 두는가 하면 단 하나의 씨앗만 두어 외
롭게 계절을 공전하게 하기도 한다

지구는 뜨거운 것을 만나면 다시 차가워졌고
차가워진 지구는 또 뜨거워진다
씨앗들에게 내년은 아주 먼 곳이고
사과의 껍질은 태양이고 사과의 속은
달빛처럼 희다

천체망원경에 눈을 대면 먼 곳을 보는 눈에 있던 별들
이 가까운 곳을 보는 눈으로 모여들었다 눈알은 가장 작은

천체여서 가끔 티끌이나 먼지가 혜성처럼 내려앉기도 한
다 그때 인간은 울음도 없이 눈물을 흘렸다 먼 곳의 별들
도 훌쩍거리며 우는 날들이 있고 그런 날엔 별들이 흐릿하
게 보였다


　달을 눈에 끼우면 밤이고
　태양을 갈아 끼우면 한낮이 되었다

## 샹들리에

그것은 마치
별의 마을 같다

먼 은하 하나를 달아 놓고
올려다보는 느낌이라고나 할까
아주 캄캄한 땅속에서
혹은 바위 속에서 자란다는
보석의 이름이 아닐까 하는 생각도 든다

밤에만 핀다는
달맞이꽃 종류이거나
단체 사진 찍으려고 모인 동창생들이나
수건돌리기를 하려고 동그랗게 모여 앉은
즐거운 사람들 같기도 하고

사위어 가는 모닥불 같기도 한
샹들리에

노랗게 솟아 흔들리는 수선화 무리들, 갓 올라온 청보리
새싹을 바라보는 보리밭가의 복사꽃, 주렁주렁 빨간 사과

가 달린 사과나무 한 그루, 그 사과나무를 다듬는 손길들도
모두 샹들리에의 한 종류가 아닐까

봄의 곳곳에서 노란 압정처럼 핀
민들레들

스위치 하나에
동시에 환하게 켜지는,

## 속도들

달팽이가 느리다고요?
어디까지 가야 하느냐에 따라 다르겠지요

우연히 달팽이로 태어나서
우연한 길을 갈 뿐입니다

집을 등에 지고 있으니 멈추는 그 자리가 집입니다 몸을
움츠리면 안쪽에서 문 닫는 일이니 굳이 허겁지겁할 일이
없습니다 또 머리를 내밀면 바로 문밖이니 애써 가야 할 곳
도 생기지 않습니다 집이 회오리 돌기 모양이니 종래에는
날아가지 않겠느냐고 하지만 그건, 내가 다시 나에게로 돌
아가는 지름길입니다

끝도 없고 중심도 없는 길을 천천히 갑니다

돌아갈 곳이 없으니, 한쪽의 시간을 버는 일이니 약속
이 없으니, 한 번쯤 가 본 곳도 없으니 생각나는 곳도 떠오
르는 곳도 없으니 느리다는 말의 잣대가 되는 일도 아무 관
심 없으니
나는 그저 달팽이입니다

＞
두 개의 촉수로 바람이 도착합니다
풀냄새와 초록이 물들어 옵니다
바람과 풀과 빗물과 안개에는 달팽이의 촉수와 닮은
또 다른 촉수들이 있습니다

어느 곳의 한 점으로 있으면
아득한 곳의 별빛이 또는 새벽이나
밤의 지구를 돌아 찾아옵니다

혹시 압니까, 돌아오는 봄을
맨 먼저 마주할 수도 있겠습니다

# 마음 비우는 일

마음을 비워야지 하고
마음먹는 일

그 마음은 진실인가 허구인가
지금이 시작인가 종착역인가
마음을 넣을 주머니가 삭아 가고 있는 지금
비운 마음은 또 어디에 버려지나
아무리 넓은 체념을 구한다 해도
마음먹었던 일을 버리기엔
체념이라는 곳은 늘
모자라는 곳이다

엄마라는 아픔에서
두 손 꼭 쥐고 울던 일
한 번도 엄마를 체념한 적 없는데 왜
엄마는 늘 체념의 기준이었을까

어느 골목에다 버릴 수도 없고
비틀거리는 걸음걸이에다가 버릴 수도 없는
비운, 마음들을 버리는 곳이란

다름 아닌 자신의 마음이나
소실점으로 만나는 기찻길이나
빈 의자의 자세 같은 곳일지도 모른다

어떨 땐 버리는 마음보다
그동안 쓰고 버린 체념이 더 많이
쌓여 있을 때도 있지만

마음 답답하다면
더는 마음에 무엇을 버리려 하지 말고
마음 밖에 버릴 곳을 찾아야 한다

## 옆자리

여행을 갈 때나
누군가를 기다릴 때나
나는 내 옆자리를 좋아한다
이기적이라 할지 모르지만
누구도 앉지 않고 텅 비어 있는
그런 옆자리를 좋아한다

멍하니 앉아 있는 나의 옆자리엔
너무 멀었던 또 다른 나와
자꾸만 내 뒤로 숨던 내가 앉아 있다
아무리 먼 곳을 가는
내내라도 그런 옆자리와 함께라면
전혀 지루하지가 않다

풍경을 스쳐 보내는 방법
창을 통해 들어오는 햇볕을 앉히는 방법
그 따뜻해진 자리에 앉히고 싶은 몇몇 이름들
누가 그런 자리를 비어 있는 자리라고 말할 수 있나
바로 나의 옆이 앉아 있지 아니한가
읽다가 만 책을 놓아 두고

왼쪽이든 오른쪽이든 나의 한쪽을 앉히는
그런 옆자리가 나는 좋다

옆 사람, 옆쪽, 옆지기라는 말보다
더 좋아하는, 내가 기댈 수 있는 곳
세상 어느 것보다도 나랑 가까운 자리
언제나 원하면 옮겨 앉을 수 있는
여유 한 칸

## 매화나무에 들다


봄 매화나무에 기대고
온순해진 가시들의 뾰족한 전언을 듣는다
꽃 필 자리를 마련하려고
눈밭을 헤친 손톱엔 분홍빛
피가 도는 양지가 자란다

매화나무는 까칠한 내 친구
겉의 가시란 속의 가시에 비하면 온순하다고
다독다독 알려 주는 봄의 친구
얼음을 파랗게 다듬고
휘파람으로 불어오는 바람의 친구
그런 매화나무에 귀를 대고 듣는
겨울 동안의 우화
한 그루 봄을 옮겨 온 꽃들의 공장에선
매서운 바람을 재료로 향기를 만들어 낸다

별들을 모아들이는 봄의
이마 같은 꽃
겨울은 봄의 꽃을 만들어 내는
숲의 수공예 단지다

\>

매화는 낮은 온도의 꽃

미열로도 꽃 피우는 추운 나무

그 미적지근한 온기마저 나누어 주고 혼자 떠는

짧은 발자국의 키 작은 나무

꽃들 다 허물어질 때까지

기둥을 두지 않는

한 채의 집


문 없는 집의 환한

방 한 칸

하르르 불 밝히는 봄의 셋집이다

# 지붕

새 중에 제비는
지붕을 알고 있는 새다
지붕을 안다는 것은 밤하늘을
비 내리는 허공을 안다는 뜻이다
연약한 부리여서
진흙으로 집을 지을 뿐이지만
반달 같은 집을 처마 밑에 붙이고
사람을 한 철 주인으로
정하는 것이다

간혹 지붕 밑에서도 웅크리는 존재들 있다
웅크린다는 것은
지붕이 없다는 뜻이다
지붕 밑에서도 지붕을 모른다는 뜻이다

처마를 지붕 삼아
내리는 비를 바라보는 제비
일 년에 고작 두어 달 지내다 가지만
이 넓은 지구의 그 많은 지붕 중에서
자신이 한 철 묵었던 지붕 밑을

용케도 잊지 않는 것이다

목이 마르면 빨랫줄에 맺힌
물방울 몇 개 따 먹고
다시 알 품기에 열중하는
제비는 곡선을 알고 있는 새다
제비는 적어도 사람의 인정을 알고
같은 지붕을 쓰고
스스로 사람의 연례와
정서가 된 새다

## 밥 먹이고 싶은 시간


활짝 핀 꽃들을 보고 왔다
꽃들이 모두 입 벌리고 있는 것 같아
밥 한 숟가락씩 먹여 주고 싶었다

이 나이쯤 되면
밥 먹이는 일에는 선수다
아무리 밥투정하는 아이들, 혹은
연로年老에게도 밥 먹일 수 있다
일생의 대부분을
밥 먹이는 일을 했으므로

한껏, 혹은 반쯤 벌어진 꽃송이들 보며
따뜻한 밥, 꼭꼭 씹어 먹어라
반찬 얹어 밥 먹이고 싶었다

꽃들에 밥을 주고
목을 축이게 하는 일은
언제나 내 입보다 먼저였다
밥상에 달그락거리는 소리
허기진 식욕들이 배를 채우고 나면

비로소 나도 숟가락을 들곤 했었다

사람은 사람이 늙는 것이 아니라
입맛이 늙는 것이다
칭얼대는 입에 단맛을 얹어 먹이듯
나도 내 입을 한껏 벌리고
탐스러운 꽃송이를
먹고 싶은 것이다

# 대답들

물을 주고 햇볕을 쬐어 주면
톡톡 불거져 나오는 대답들
다육식물들은 마치
사막의 상인들이 팔던 은 종지 같고
더 깊은 사막 속에 있다는
작은 우물들 같다

물을 가두어 놓고
건조한 바람을 견디다 보면
새로 돋은 다육식물들은
몇 방울 대답들인 것이다
온종일 한마디의 말을 안 할 때도
질문 없이도 대답이 있을 수 있다고
방사형이거나 격자무늬의 대답들,
정성 들이고 애쓴 대답들을 내놓는다
그런 작은 대답을 똑 떼어
모래에 얹어 놓으면
저 혼자 쓸쓸했는지
질문인지 대답인지 모를
새싹을 또 내어놓는 것이다

&gt;

비가 오는 날이면 길게

처마 밑으로 고이던 물 종지같이

비 그치고 긴 가뭄 같은 다육식물들

햇볕 아래를 오래 걷는 대답

입이 아니라 온몸으로 하는 대답

다육식물들 진열대에서

느릿느릿 낙타들이

걸어 나올 것만 같다

## 빈 곳들

바이러스가 창궐하고
북적거리던 예전의 곳곳들이
텅텅 비어 있다

잠시 사람이 비워 놓은 길에
사슴 떼가 출몰하고
사람들이 앉아 있던 의자마다
텅 빈 적요가 앉아 있다

이 병은 아무래도
수줍음이 많은 병인지 서로
안면을 가리게 하고
큰 소리를 금지한다
그동안 우리는 너무 많은
무리를 이루고 살았다고
슬픔과 기쁨, 분노와 절망들
너무 가까이에서 나누려 했다고
신이 새판을 짜는 중이다

은둔하는 날이 길어질수록

자연은 점점 가까이 다가오고
말소리는 멀어지고 온순해진다
때 묻은 손을 거절하고
따뜻한 눈빛으로 나누는 청결한 말들
유리 속의 고요를 건너가고 건너온다

그동안 내 말이
새처럼 화살처럼 혹은 별빛처럼
얼마만큼 멀리
날아가는지 알게 됐다

## 흘러간다는 말,


흐름과 흘러간다는 말은
엄연히 다른 말입니다

흐름은 수평과 수직으로도 흐를 수 있지만
흘러간다는 말은
오로지 내리막에서만 통용됩니다
이유 없습니다,
그저 무작정 흘러갑니다

그런 것을 두고
사랑이라고들 하는 것 같습니다
내리사랑이라고들 하지만
다 흘러갔다면 다시
이쪽으로 흘러올 것을 믿는 것입니다
어렸던 아이의 이름은 참 넓었습니다
아무리 사랑을 흘려보내도
늘 모자랐으니 말입니다

이젠 그 이름에도 사랑이 넘쳐
다시 엄마 쪽으로 흘려보내고 있습니다

텅 비었던 엄마라는 호칭은
조금씩 차오르고 있습니다
기적같이 흐르는 물
희미한 밤하늘을 밝혀 주며
심장을 가득 채워 주는 따뜻한 피돌기

세상에서 복종하는 일이 가장 어렵다고 합니다
그 어려운 일을 당연하다는 듯이
해내는 아들을 두었습니다

위로 흘러간다는 말
그 어렵다는 말을 실천하고 있습니다

엄마를 다시 살리는
신의 대리인입니다

# 두 시선

먼 시선에는
구름의 이동 경로를 담아 놓는다
파란 한낮의 창공을
어떤 모양으로 지나가는지 살펴보는 일을 맡긴다

동물에서 가재도구로
혹은 한 번도 발견된 적이 없는
새로운 존재들의 모양으로 어떻게
삽시간에 변하는지를 관찰하게 한다

먼 시선이 바쁜 시간에는
딴생각을 함께 붙여 놓기도 한다
느닷없이 툭툭 떨어지는 빗방울인 양
화들짝 놀라는 양을 닮은
딴생각을 맡겨 놓는다

반면 가까운 시선에는
여러 제목이 달린 책을 맡겨 놓는다
언제부터 글자들은
먼 글자와 가까운 글자로 나뉘었지만,

가까운 글자를 읽는 전용 안경이 발명되었다

작은 것들은
대부분 먼 곳에 있다고 믿지만
먼 곳에 있는 작은 것들보다 더
작은 것들은 자세히 보아야만 보이는
바로 눈앞에 모여 있다

구름을 독서한 친구는
빗소리를 흉내 내는 특기가 있었고
나는 중얼거리며 음독音讀하는
글자들과 친하다

# 바람에도 언덕이 있을까요

바람에도 언덕이 있을까요
그 언덕엔 무엇이 있을까요
분명한 것은, 풀밭들은 언덕이 있어요
그 언덕에 핀 풀꽃들은 바람의 낮고 높은
키의 순서쯤 되겠죠

어떤 키의 끝에는
보라색 꽃이 피어 있고
어떤 바람의 끝은 모자를 쓰고 있겠죠
모자는 아주 키가 작은 바람부터
산봉우리보다 높은 바람의 머리 위까지
벗었다가 썼다를 반복하며 옮겨 다니죠

바람의 언덕은 얼마나 따뜻할까요
그 온도에 따라 온갖 풀씨들의 비행이 시작되고
바람은 언덕을 만들고 허물곤 합니다
비닐봉지 하나가 바람의 언덕을 넘어가려 애를 쓰지만
이내 곤두박질치곤 합니다

언젠가 나의 원피스 한 벌을 몰래

입고 간 바람도 있었죠

그날은 키가 큰 바람은 찾아오지

않을 거라는 예보가 있었지만

내 키와 딱 맞는 키의 바람이 한동안 입던

나의 원피스를 사과나무에 벗어 두고 갔죠

아직도 높은 공중에 떠 있는 애드벌룬은

며칠째 바람 언덕을 넘어가는 중입니다

# 떨어지는 도토리 소리는 누가 셀까?


어떤 나무에선
도토리보다 훨씬 더 많은
떨어지는 소리가 난다고 한다

또 어떤 나무에선
도토리보다 훨씬 적은 소리가
톡톡 난다고 한다

가을은 아무래도
수학자의 피가 흐르는 것 같다
도토리와 온갖 열매들
숲엔 무수한 숫자들이 생겨나는 계절
다람쥐는 건망증이 많아서
잘생긴 구름 밑에 도토리를
다독다독 묻어 놓는다

그래도 톡톡
열매들 떨어지는 소리를 세고
합산하여 나누는 직업들이 있다
땅이 가져가는 소리와

새들을 따라 공중으로 사라지는 소리가 있다

한겨울을 살찌우는
소리를 많이 먹은 물상들이
흙으로 돌아가는 소리
아주 작은 소리에도 예민하게
쫑긋거리는 도토리의 귀

# 뿔

아무리 부드러운 것에도
딱딱한 것들이 숨어 있기 마련입니다
봄에 태어난 염소가 어미 젖 떼고
가장 여린 풀만 뜯어 먹었는데도
저렇게 단단한 뿔이 돋은 걸 보면
굳이 배우지 않아도 알 수 있습니다
이리저리 휘던 풀 끝을 뜯어 먹은 염소는
깡충깡충 제자리 뛰기를 합니다
또 밤에 질겅질겅 씹은 건초들은
깜깜한 털 색깔로 갑니다
무디고 별맛 없는 덤덤한 것들은
나중에 어미와 헤어지는 힘이 됩니다
각축角逐 중인 어린 뿔들
사람과 달리 형과 아우가 없고
위아래를 배운 적 없는 염소들은
각축을 통해 형이 되고 위가 되고 아래가 됩니다
염소들은 들판의 계절과 친해서
마음껏 풀을 얻어먹습니다


넘치는 검은색을 감당키 어려울 때

염소는 까만 똥을 눕니다

그러고 나면

털에서 반짝 윤기가 납니다

# 감자

동그랗다
아니, 자세히 보면 들쭉날쭉 제멋대로다
그건 굼벵이처럼 꿈틀거리지 않으려고
풍뎅이처럼 붕붕거리지 않으려고
안간힘을 쓴,
그런 모양들이기 때문이다

사실 동그란 것들이
구르지 않으려고 애쓰고 있다는 것을
사람들은 잘 모른다
그건 네모난 것들이나
세모난 것들이 구르려고 애쓰는 일과
다를 것이 없다는 뜻이다

지구의 수평을 찾아다니는
동그란 모양들
감자가 땅속에서 동그랗게 크는 이유는
3월 중순에서 6월 중순까지가
가장 평평한 날짜이기 때문인 것을
아는 사람도 많지 않다

>
흙 속에서 안간힘을 쓰며
버티는 감자들 덕분에
그맘때 지구는 가장 흔들림이 적다는 것을
또 아는 사람은 알고 있다

## 나는 꽃의 옆

아무도 안 믿겠지만
사실, 나는 꽃의 옆이다

내 생일 옆에는 나만이 아는 꽃이 있고
내 취향엔 언제나 그 꽃이 피고 또 핀다

꽃이 아름다운 것은
영원히 피어 있지 않다는 것입니다
꽃이 피어 있는 동안은 늘 아쉽거나
짧다는 생각을 하게 된다
나의 핑계 대부분은
꽃이 이유일 때가 많다

매년의 봄을 정확하게 기억하고 있다는 것과
한번 자신이 피었던 나무의 이름을 찾아온다는 것과
또 지는 날짜를 정확히 지킨다는 것,

　꽃들이 없었다면 봄이라는 계절은 지구상에서 존재하지
않았을 것이다
　어느 집 현관문 초인종을 누르는 용기와 조금 모자라는

고백들의

　용기에 보태는 힘을 얻지 못했을 것이다


　가장 가까운 친구를 옆에 두듯
　나는 꽃 옆에서 그 꽃의 친구가 된다
　물을 주고 햇볕을 쬐게 해 준다
　꽃과 나는 같은 그림자를 함께 사용하고
　때로는 모자나 원피스에 불러들이기도 한다


　그러므로 꽃은
　약속인 셈이다


　그러니 나를 아는 사람들은 나를 부를 때
　내 이름 대신
　꽃의 옆이라고
　불러 주기 바란다

꽃 점


쌀쌀한 시원
보도블록 봄 사이 노란 꽃 점
바쁘고 혼잡하던 길이
친숙한 얼굴처럼 보인다

저것은 노란 맹지
꽃 피는 일엔 아득한 허방이 있다
무동력으로 바람보다 더 가벼운
온갖 구두들이 비껴서 가는
민들레 허방

노란 꽃 점 떨어진 길,
그 길을 따라가 모퉁이를 돌면
어느 저녁 취객 하나 우두커니 서서
딱 한 잔만 더 할까?
발아래쯤에 말 걸고 있다

뒤늦은 회한으로 주름진 얼굴들에
허허로운 입김에 온기가 돌듯
꽃점들이 웃음처럼 돋아나면 좋겠다

>

보도블럭 틈 사이

즐거운 허방처럼

## 살살이꽃

무리 지어 피어 있는 코스모스를
우리말로 부르는 것이라고 한다지
마치 험하게 노는 아이들에게
살살 놀아라, 하는 말 같은

험악한 바람이 불어도
저 살살이 꽃들은 살살 휩쓸리고 눕는다
무엇을 흉내 내는 의태어가 아니라
스스로 조절하는 것을 일컫는 말

어떤 사람의 앞을 일컫는 이름이 아니라
조용히 뒤로 불러낸 이름 같아서 좋다

저희끼리 살살 흔들리다가
살살이 꽃! 하고 부르면
불현듯 돌아볼 것 같아서 또 좋다

기억해 보니 우리 할머니도
어릴 적 내 이름을 부를 때는
험하게 부르지 않고

살살, 살살 불렀던 것 같다

모락모락 피어오르는 고구마 들고
호호거리는 할머니 입술
둘러맨 가방을 받으려는
할머니의 흔들리는 발걸음
모두 살살이꽃

# 전구

불 켜진 전구 하나에는
많은 사람의 얼굴이 환하게 들어 있다

전구 하나가 켜지지 않은 어둠 속에는
드러나지 않은 많은 얼굴도 있다

전구 하나의 수명 속엔
환한 얼굴과 캄캄한 얼굴이
나뉘어 들어 있다

일생이 그와 같다
내 눈 안에 들어 있는 얼굴들과
아직 만나지 못한 얼굴들과
까마득히 잊힌
칠흑같이 어두워진 얼굴들

눈 감으면
눈 밖이 환하든 어둡든
흐릿한 얼굴들이 되어 울거나 웃고 있다

해 설

# 홑겹의 사유, 꽃의 시학

권경아(문학평론가)

김정자 시인의 두 번째 시집 『꽃의 속도』는 향기로 가득하다. 그 향기는 "가볍고 환한" "부드럽고 투명한 홑겹"(「홑겹」)이며 낮은 곳에서 피어나는 꽃의 향기이다. 첫 시집 『책이라는 구석』에서 보여 주었던 시적 대상에 대한 성찰은 이 시집에서 더욱 깊은 사유의 진폭으로 나타나면서도 한층 "가볍고 환"하다. 시인의 "부드럽고 투명한 홑겹"의 사유는 삶에서 만나게 되는 다양한 "겹겹"(「겹겹」)을 벗어나 "열린 미닫이문으로 들어온 홑겹의 바람"처럼 초연하고 평화롭다. "겹겹의 먹구름"이 쏟아 놓는 소나기 앞에서 겪게 되는 "겹겹의 난처함", 지는 태양에는 "겹겹의 아쉬움"이, "먼 곳의 친구가 전하는 부고 소식"에는 겹겹의 슬픔이, 한겨울 온갖 씨앗들이 두르고 있을 "겹겹"을 털어 내고 이 시집은 "초여름 나무 그늘" 아래 홑겹의 꽃으로 피어나고 있다.

홑겹으로는
초여름 나무 그늘이 있다
갓 핀 모란 꽃잎이나
멀리서 우는 새소리가 있다

열린 미닫이문으로 들어온 홑겹의 바람이
저의 손목을 베고 모로 누운
홑겹 잠을 덮어 준다

갓 말을 배운 아이들의 말이나
아직 배우지 못한 말을 대신하는
울음소리도 홑겹이다
그런 아이의 울음을 듣는
엄마의 귀도 홑겹이다

햇살이 섞인 내의 미지근한 물도
곧 홑겹의 수온이 된다
노란 민들레꽃도,
며칠 꽃이 머물다 간 홑씨도
털갈이를 마친 고양이의 앞가슴 털도
모두 홑겹이다

날씨가 좋다고
먼 곳에서 전화한 친구의 목소리도
가볍고 환한 홑겹이었다

아름다운 꽃의 제철들
나란히 철길 달려 도착한 지명
모두 홑겹이다

모처럼 읽은 시들도
성경의 한 구절도
모두 모두 부드럽고 투명한
홑겹이다

　　　　　　　　　　　　　　—「홑겹」 전문

　이 시에서는 갓 말을 배운 아이들의 서툰 말도, 아직 말을
배우지 못한 아기의 울음소리도 모두 '홑겹'이라 말하고 있다.
"햇살이 섞인 내의 미지근한 물"도 "홑겹의 수온"이며 "날씨가
좋다고/ 먼 곳에서 전화한 친구의 목소리도/ 가볍고 환한 홑
겹", "모처럼 읽은 시들"이나 "성경의 한 구절"도 시인에게는
모두 "부드럽고 투명한 홑겹"이다. 세상의 맑고 투명한, 순수
한 모든 아름다움을 시인은 '홑겹'으로 표현한다.
　'겹겹'을 벗어 내고 한층 환해진 '홑겹의 사유'는 느리고 낮
은 것들에 대한 천착과도 관련된다.

사막은 한때
물의 바닥이었다.

움직이는 돌을 보러 갔다
돌 속엔 그 옛날 물결이
아직도 들어 있는 것을 보았다

스스로 일렁이고 있었다.

신기루 속으로 사라진 바다를 따라
물 냄새를 코에 바르고 찾아가는 길
망령처럼 떠돌던 비늘 한 조각
노을처럼 붉다

돌에게는 가야 할 방향과
의중이 들어 있다는 뜻
다만 바람을 의심하기도 하지만
그건 미약한 부추김이었을 것이다.

돌의 경주
돌은 갈 곳을 정하고
저 먼 곳에서 기다리는 방향엔
길의 흔적이 들어 있는
화석 한 점 놓아둔다.

화석을 끌고 가는 돌의 시간
그것은 돌의 후미이고
바람의 선두이다
　　　　　　　　　—「사막의 돌」 전문(『책이라는 구석』)


　「사막의 돌」(『책이라는 구석』)은 한때 "물의 바닥"이었던 사막
의 돌을 보며 돌이 지나고 있는 시간에 대해 이야기한다. 돌
속에는 "그 옛날 물결이/ 아직도 들어 있"어 "스스로 일렁이

고 있었다". 돌은 자신이 "가야 할 방향"을 알고 있으며 아직도 그 길을 가고 있다. "돌의 경주"는 아직도 계속되고 있는 것이다. 돌은 "신기루 속으로 사라진 바다"를 기억하고 여전히 찾아가고 있는 중이다.

이 시에서 사막의 돌이 지나고 있는 시간은 느리지만 영겁과도 같은 흐름 속에 있다. 가야 할 방향과 갈 곳을 정하고 자신의 방식대로, 자신의 속도대로, 천천히, 느리지만 아직도 스스로의 길을 가고 있는 것이다. 이러한 '느리고 낮은 것들'에 대한 시선은 이 시집에서 '달팽이와 바람'의 속도로 그려지고 있다.

달팽이가 느리다고요?
어디까지 가야 하느냐에 따라 다르겠지요

우연히 달팽이로 태어나서
우연한 길을 갈 뿐입니다

집을 등에 지고 있으니 멈추는 그 자리가 집입니다 몸을 움츠리면 안쪽에서 문 닫는 일이니 굳이 허겁지겁할 일이 없습니다 또 머리를 내밀면 바로 문밖이니 애써 가야 할 곳도 생기지 않습니다 집이 회오리 돌기 모양이니 종래에는 날아가지 않겠느냐고 하지만 그건, 내가 다시 나에게로 돌아가는 지름길입니다

끝도 없고 중심도 없는 길을 천천히 갑니다

돌아갈 곳이 없으니, 한쪽의 시간을 버는 일이니 약속이
없으니, 한 번쯤 가 본 곳도 없으니 생각나는 곳도 떠오르는
곳도 없으니 느리다는 말의 잣대가 되는 일도 아무 관심 없
으니

나는 그저 달팽이입니다

두 개의 촉수로 바람이 도착합니다
풀냄새와 초록이 물들어 옵니다
바람과 풀과 빗물과 안개에는 달팽이의 촉수와 닮은
또 다른 촉수들이 있습니다

어느 곳의 한 점으로 있으면
아득한 곳의 별빛이 또는 새벽이나
밤의 지구를 돌아 찾아옵니다

혹시 압니까, 돌아오는 봄을
맨 먼저 마주할 수도 있겠습니다

—「속도들」 전문

  달팽이가 느리다고 말하는 것은 우리의 기준에 따라 하는
이야기이다. 달팽이의 기준에서는 그것이 적절한 속도이다.
"집을 등에 지고 있으니 멈추는 그 자리가 집"인 달팽이는 "몸
을 움츠리면 안쪽에서 문 닫는 일이니 굳이 허겁지겁할 일"
이 없는 것이다. 또 "머리를 내밀면 바로 문밖이니 애써 가
야 할 곳"도 생기지 않는다. "돌아갈 곳이 없"고 "약속이 없
으니" "생각나는 곳도 떠오르는 곳"도 없다. 달팽이는 "느리

다는 말의 잣대가 되는 일도 아무 관심 없으니" 달팽이가 느리다고 말하는 것은 그저 우리의 잣대일 뿐. "끝도 없고 중심도 없는 길"을 갈 뿐, 달팽이는 그저 달팽이다. 바람이 분다. 바람은 바람의 속도로. 풀이 자란다. 풀의 속도로. 빗물은 빗물의 속도로 떨어지며, 안개는 안개의 속도로 깔리기 시작한다. "아득한 곳의 별빛"이 밤이 되어 지구를 돌아 찾아오는 것 또한 별빛의 속도이다. 저마다 자신들의 속도를 갖는 것일 뿐이다.

이러한 다양한 속도 중에서 특히 시인의 시선이 머무는 곳은 '꽃의 속도'이다.

이맘때 남해에서
생선을 싣고 달리는 트럭들은
꽃의 속도로 봄밤을 달려온다고 한다

획획
차창을 스쳐 가는 꽃의 속도를
따라잡을 생각 같은 건
아예 하지 않는다고 한다

꽃들은 국도를 따라 달리다가 어느 낮은 담장 안 유실수에 붙어 신맛 나는 자두나 살구가 된다고 한다. 자두나 살구보다 더 큰 꿈을 가진 꽃들은 어느 과수원 철조망을 넘어 들어가 사과가 되고 복숭아가 된다고 한다. 봄밤을 달리는 꽃, 남쪽에서부터 점점 속도를 올려 중부지방과 서울을 지나

휴전선 넘어 개마고원까지 간다고 한다

—「꽃의 속도」 부분

남쪽에서부터 피기 시작하여 중부 지방을 지나 북쪽의 개
마고원까지 "봄밤을 달리는 꽃"의 속도는 인간의 속도와는
다르다. "차창을 스쳐 가는 꽃의 속도를/ 따라잡을 생각 같
은 건/ 아예 하지 않는" 것은 꽃의 속도와 인간의 속도가 다
름을 아는 까닭이다.

　느리고 낮은 것들에 천착하는 '홑겹의 사유'는 또한 낮은
'바닥'에 주목한다. 「바닥론」에서 모든 비하卑下는 "굳건히 받
치고 있는 바닥의/ 조력" 때문이다. 새들도 죽을 때는 "공중
에서 바닥으로 내려와/ 바닥과 날개와의 불화를" 푸는 것이
다. "꽃 피고/ 물이 흐르고/ 나무들의 기립이 시작"되는 것
도 모두 '바닥'에서부터이다. 신은 인간을 바닥에 풀어놓고
살게했다. "집을 짓고 가족을 두고/ 비옥한 농토를 경작하게
했"으며 "가장 낮은 곳에 역사를 설계했"고 또한 "그 바닥에
서 일생을/ 마치게 했"다. 가장 낮은 곳, 곧 모든 것의 시작
이며 끝인 것이다.

　　시월, 돌에 앉으면
　　아랫목에 앉은 것처럼 따뜻하다
　　그건, 멀고 먼 거리를 찾아온
　　햇살들의 딱딱한 방석이기 때문이다.
　　세상에 폭신한 방석들만 있는 것이 아니어서

가시연꽃처럼 따가운 방석도 있고
미지근한 물의 수면 같은 방석도 있다

그중에서 돌은 가장 따뜻한 방석이라서
햇살이 낮 동안 앉았다 간다

생전의 아버지도
무뚝뚝한 성격 속에
따뜻한 돌 같은 묵직한 온도가 있었다
예열의 시간이 좀 길기는 했었지만
한번 달아오르면 오랫동안 따뜻해서
좀처럼 식지 않는 온도가 있었다
투정을 올려놓으면 보송하게 마르고
조르는 일을 올려놓으면
미리 준비했다는 듯
슬며시 들어주던 숙성된 돌의 온도

지금도 아버지만 생각하면 마음이
따뜻해지는 것은, 나도 모르게 아버지를 내 속에
무겁게 들여놓은 까닭일 것이다

그 옛날
아버지의 무릎에 앉았던 일처럼
걷다가 힘들면
따뜻한 돌에 앉았다 가리라 마음먹지만
슬픔 속에도 가끔은

아버지의 온도가 있다

—「돌의 온도」 전문

느리고 낮은 것들은 비록 처음에는 보잘것없어 보여도 그 무엇보다 강인한 힘을 지니고 있다. 시월 햇살에 따뜻해진 돌에 앉으면 "아랫목에 앉은 것처럼 따뜻하다". 바닥에 놓여 있는 "햇살들의 딱딱한 방석"이기 때문이다. 무뚝뚝한 성격임에도 "따뜻한 돌 같은 묵직한 온도"가 있었던 "생전의 아버지". 예열 시간이 좀 길기는 했었지만 "한번 달아오르면 오랫동안 따뜻해서/ 좀처럼 식지 않는 온도"가 있었던 아버지. 걷다가 힘들면 "내 속에/ 무겁게 들여놓은" 아버지의 따뜻한 무릎에 앉았다 가는 것이다. 슬픔 속에도 가끔은 "숙성된 돌의 온도", "아버지의 온도"가 있다. 우리를 살아가게 하는 힘이다.

아무도 안 믿겠지만
사실, 나는 꽃의 옆이다

내 생일 옆에는 나만이 아는 꽃이 있고
내 취향엔 언제나 그 꽃이 피고 또 핀다

꽃이 아름다운 것은
영원히 피어 있지 않다는 것입니다
꽃이 피어 있는 동안은 늘 아쉽거나
짧다는 생각을 하게 된다

154

나의 핑계 대부분은
꽃이 이유일 때가 많다

매년의 봄을 정확하게 기억하고 있다는 것과
한번 자신이 피었던 나무의 이름을 찾아온다는 것과
또 지는 날짜를 정확히 지킨다는 것,

꽃들이 없었다면 봄이라는 계절은 지구상에서 존재하지
않았을 것이다
어느 집 현관문 초인종을 누르는 용기와 조금 모자라는
고백들의
용기에 보태는 힘을 얻지 못했을 것이다

가장 가까운 친구를 옆에 두듯
나는 꽃 옆에서 그 꽃의 친구가 된다
물을 주고 햇볕을 쬐게 해 준다
꽃과 나는 같은 그림자를 함께 사용하고
때로는 모자나 원피스에 불러들이기도 한다

그러므로 꽃은
약속인 셈이다

그러니 나를 아는 사람들은 나를 부를 때
내 이름 대신
꽃의 옆이라고
불러 주기 바란다

　　　　　　　　　　　　　　—「나는 꽃의 옆」 전문

이 시집은 홑겹의 사유, 낮은 곳에서 피어나는 꽃의 향기가 가득하지만 직접 꽃을 노래하는 시편들 때문만은 아니다. 「꽃의 속도」를 비롯해서 「순한 뿔」 「동백」 「산수유」 「매화나무에 든다」 「꽃이 꽃을 빠져나간다」 「이팝나무 신호등」 「꽃점」 「살살이꽃」 등과 같은 시편들도 꽃들을 대상으로 하고 있지만 시상의 중심은 '꽃의 옆'에 자리한 시인이다. 시인은 이름 대신 "꽃의 옆이라고/ 불러 주기 바란다"라고 말하고 있다. "매년의 봄을 정확하게 기억하고 있다"가 "한번 자신이 피었던 나무의 이름을 찾아"오고 "또 지는 날짜를 정확히 지"키는 "꽃은/ 약속"이다. "영원히 피어 있지 않"기에 아름다운 꽃을 시인은 사랑하여 꽃의 옆을 지키고 있다. 아니 "꽃 옆에서" "물을 주고 햇볕을 쬐게 해" 주며 "그 꽃의 친구"가 된다. 꽃과 "같은 그림자를 함께 사용하고" 생일 옆에는 자신만이 아는 꽃, 시인의 취향엔 언제나 "그 꽃이 피고 또 핀다"고 말하고 있다. 물을 주고 햇볕을 쬐게 해 주며 꽃의 친구로서 "꽃의 옆"이 되고 있는 시인.

시인에게 '옆'의 의미는 남다르다.

여행을 갈 때나
누군가를 기다릴 때나
나는 내 옆자리를 좋아한다
이기적이라 할지 모르지만
누구도 앉지 않고 텅 비어 있는
그런 옆자리를 좋아한다

멍하니 앉아 있는 나의 옆자리엔
너무 멀었던 또 다른 나와
자꾸만 내 뒤로 숨던 내가 앉아 있다
아무리 먼 곳을 가는
내내라도 그런 옆자리와 함께라면
전혀 지루하지가 않다

풍경을 스쳐 보내는 방법
창을 통해 들어오는 햇볕을 앉히는 방법
그 따듯해진 자리에 앉히고 싶은 몇몇 이름들
누가 그런 자리를 비어 있는 자리라고 말할 수 있나
바로 나의 옆이 앉아 있지 아니한가
읽다가 만 책을 놓아 두고
왼쪽이든 오른쪽이든 나의 한쪽을 앉히는
그런 옆자리가 나는 좋다

옆 사람, 옆쪽, 옆지기라는 말보다
더 좋아하는, 내가 기댈 수 있는 곳
세상 어느 것보다도 나랑 가까운 자리
언제나 원하면 옮겨 앉을 수 있는
여유 한 칸

—「옆자리」전문

"누구도 앉지 않고 텅 비어 있는" 옆자리에는 "너무 멀었
던 또 다른 나와/ 자꾸만 내 뒤로 숨던 내가 앉아 있다". 스
쳐 지나가는 풍경이나 "창을 통해 들어오는 햇볕", 또는 "읽

다가 만 책을 놓아 두"기도 하는 "여유 한 칸". "세상 어느 것
보다도 나랑 가까운 자리", "나의 한쪽을 앉히는" 옆자리. 나
의 한쪽을 앉히는 옆자리를 좋아함으로써 시인은 스스로 자
신에게 되돌아가고 있다. 즉, 시인에게 '옆자리'는 "내가 다시
나에게로 돌아가는 지름길"(「속도들」), "또 다른 나"인 것이다.

「나는 꽃의 옆」에서 시인은 "꽃의 옆"으로 불리기를 바란다
고 말하고 있다. 이런 맥락에서 "꽃의 옆"이라 불리고 싶어
하는 시인과 꽃은 서로의 한쪽이라 할 수 있다.

> 물을 주고 햇볕을 쬐어 주면
> 톡톡 붉거져 나오는 대답들
> 다육식물들은 마치
> 사막의 상인들이 팔던 은 종지 같고
> 더 깊은 사막 속에 있다는
> 작은 우물들 같다
>
> 물을 가두어 놓고
> 건조한 바람을 견디다 보면
> 새로 돋은 다육식물들은
> 몇 방울 대답들인 것이다
> 온종일 한마디의 말을 안 할 때도
> 질문 없이도 대답이 있을 수 있다고
> 방사형이거나 격자무늬의 대답들,
> 정성 들이고 애쓴 대답들을 내놓는다
> 그런 작은 대답을 똑 떼어

모래에 얹어 놓으면

저 혼자 쓸쓸했는지

질문인지 대답인지 모를

새싹을 또 내어놓는 것이다


비가 오는 날이면 길게

처마 밑으로 고이던 물 종지같이

비 그치고 긴 가뭄 같은 다육식물들

햇볕 아래를 오래 걷는 대답

입이 아니라 온몸으로 하는 대답

다육식물들 진열대에서

느릿느릿 낙타들이

걸어 나올 것만 같다

— 「대답들」 전문


이 시집에서 "가볍고 환한 홑겹", "부드럽고 투명한/ 홑겹"
의 사유는 식물성을 배경으로 그려진다. 꽃을 비롯하여 식물
성에 대한 시인의 따뜻한 시선은 향기가 되어 시집을 감싸고
있는 것이다. 이 시에서 돋아나는 새싹은 "물을 주고 햇볕을
쬐어 주면/ 톡톡 불거져 나오는 대답들"이라 말한다. 물을
가두어 놓고 건조한 바람을 견디다 새로 돋은 다육식물들의
"몇 방울 대답들".

흔히 다육식물들은 살피지 않아도 잘 자란다고 오해한다.
다육식물들도 일반 식물들처럼 물을 주어야 자란다. 물을 주
지 않으면 그냥 견디고 있는 것이다. 조금 더 견딜수 있는 것

뿐이다. 적당한 물과 햇볕이 있어야 숨을 쉬고 자란다. 정성을 들여야 "작은 대답"들, "온몸으로 하는 대답"을 내놓는 것이다. 식물의 계획이 무엇인지 "모범 답안은 어디에나 있고/ 또 어디에도 없다"(『계획』). 다만 식물의 계획을 "수강"하고 "날짜들과 친교를 맺어" "내 것의 시간과 네 것의 시간을 서로 주고받아야" 한다. 식물마다 저마다의 계획이 있고 그 계획을 주의 깊게 살펴서 물을 주고, 햇볕을 쬐어 주고, 또 바람을 쐬어 주어야 한다. "물을 주고 햇볕을 쬐어 주"는 시인과 "툭툭 불거져 나오"며 온몸으로 대답하는 다육식물들의 공동 작업인 것이다.

"초여름 나무 그늘" 아래 홑겹의 꽃으로 피어나고 있는 김정자 시인의 『꽃의 속도』는 낮은 곳에서 피어나는 꽃의 향기이다. 이 향기가 '꽃의 속도'로 환하게 퍼져 나가길 기대한다.